Passepartout

너는 어느 별에서 왔니?

어린 왕자

응답하라, 나의 청춘아!
응답하라, 나의 어린 왕자여!

너는 어느 별에서 왔니?

어린 왕자

앙투안 드 생텍쥐페리 지음
박제영 옮김
김선라, 이태주 그림

달아실

이 책을 _____ 에게 드립니다

_____ 드림

어린 왕자는 어떻게 자기 별을 떠나왔을까?
아마도 철새의 이동을 이용하지 않았을까?

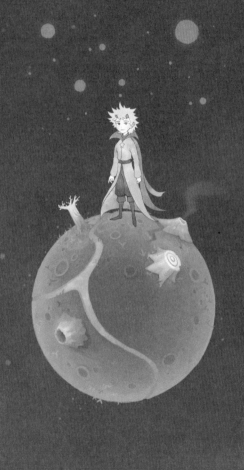

나는 이 이야기를 "옛날 옛날에 자기보다
조금 클까말까 한 작은 별에 어린 왕자가 살았어요.
어린 왕자는 친구가 필요했답니다"라는 식으로
동화처럼 시작하고 싶었다. 삶을 진정으로 이해하는
사람에게는 동화가 훨씬 진실하게 와 닿는 법이니까.
하지만 그렇게 시작하지 못했다.
그 이유는 당신이 아직 어른!이기 때문이다.

차례

1. 이것은 모자가 아니다

여섯 살 때, 나는 태어나서 처음으로 그림을 그리는 데 성공했다. 색연필로 그린 나의 그림 1호, '속이 보이지 않는 보아뱀'은 코끼리를 삼킨 보아뱀을 그린 것이다. 어른들에게 그 그림을 보여주면서 무섭냐고 물어보면 어른들의 대답은 한결같았다.

"모자가 뭐가 무섭다는 거니?"

"이것은 모자가 아니다."

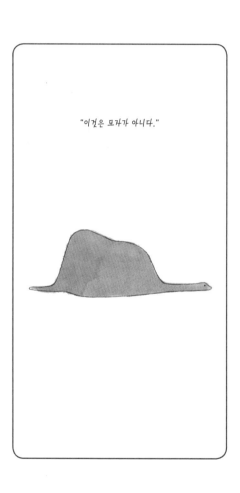

그래서 나는 뱃속의 코끼리를 볼 수 있도록 다시 그렸다. 내 그림 2호, '속이 보이는 보아뱀'이다. 어른들에게는 언제나 자세히 설명해주어야 한다. 그런데 어른들은 두 개의 그림을 보여줄 때마다 내게 이런 충고를 했다.

"보아뱀 그림 같은 건 그만 두고 학교 공부를 열심히 해야 한단다."

여섯 살 때 나의 그림 1호와 2호는 실패했고, 나는 화가라는 멋진 직업을 포기했다. 어른들은 스스로 아무것도 이해하지 못한다. 언제나 모든 것을 일일이 설명해주어야 하니, 어린아이들은 늘 피곤하다.

"어른들에게는 언제나 모든 것을
일일이 설명해주어야 한다."

화가를 포기한 나는 비행기 조종사가 되어 세상 곳곳을 날아다녔다. 지금까지 수많은 어른을 만나고 함께하고 지켜봤지만 어른에 대한 내 생각에는 변함이 없었다.

조금 똑똑하다싶은 어른을 만날 때마다 '이 사람이라면 알아볼 수 있겠지' 하는 기대와 함께 그림 1호를 보여주지만, 돌아오는 답은 언제나 "어, 모자잖아"였다. 그러면 그에게 보아뱀 이야기도 별에 대한 이야기도 아예 꺼내지 않았다. 다만 그가 알아들을 수 있는 얘기만 했다. 카드 게임이나 골프, 정치, 사업… 그런 얘기 말이다. 그러면 그는 상당히 괜찮은 사람을 알게 됐다며 무척 흐뭇해했다.

2. 양 한 마리만 그려 줘

나는 서른다섯 살이 되도록 외톨이로 살았다. 육년 전 어느 날 비행기
고장으로 사하라 사막 한가운데에 불시착한 그때까지는 말이다. 이 이
야기는 사하라 사막에 나 홀로 불시착했던 육년 전 그때, 팔 일 동안의
기록이다.

엔진 고장으로 사막에 불시착한 나는 어떡하든 며칠 이내에 비행기
를 수리해야 했다. 그것만이 고립무원의 사막을 벗어날 수 있는 유일한
방법이었다. 당시 내가 가진 물로는 일주일을 버티는 것도 힘들었기 때
문이다.

"이 이야기는 사하라 사막에 나 홀로 불시착했던
육년 전 그때, 팔 일 동안의 기록이다."

하루 종일 비행기와 씨름하다가 지친 나는 나도 모르게 잠이 들었다. 잠결에 무슨 소리가 들려 눈을 떴는데, 웬 아이가 나를 쳐다보고 있는 게 아닌가. 이상하게도 아이는 사막 한가운데서 길을 잃은, 그런 모습이 전혀 아니었다. 게다가 그 엉뚱한 질문이라니.

"양 한 마리만 그려줘."
"뭐라고?"
"양 한 마리만 그려달라니까."
"그런데 너 여기서 도대체 뭘 하고 있는 거니?"
"양 한 마리만 그려줘."

이런 상황에서 양 한 마리라니! 황당했지만 귀신에 홀린 듯, 나는 주머니에서 종이 한 장과 만년필을 꺼냈다.

"근데 나는 그림을 그릴 줄 모르는데."

"상관없어. 양 한 마리만 그려줘."

"할 수 없지. (그림 1호를 그려주면서) 이거라도 그려주마."

"아니, 코끼리를 삼킨 보아뱀을 원한 게 아니야! 보아뱀은 위험해. 그리고 코끼리는 너무 커. 내가 사는 곳은 아주 작고 좁거든. 내게 필요한 건 단지 양 한 마리야. 그러니까 양 한 마리만 그려줘!"

"보아뱀이 보인다고? 넌 누구니?"

"그냥, 양 한 마리만 그려달라니까!"

"보아뱀이 보인다고? 넌 누구니?"

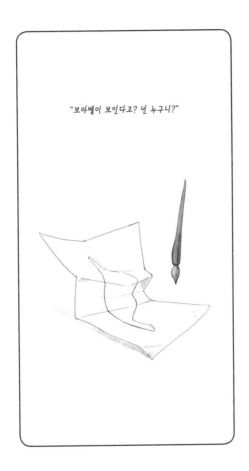

에라 모르겠다. 나는 아무렇게나 양을 그렸다.

"여기 있다. 됐니?"
"아니야! 이 양은 병들었잖아. 다시 그려줘."
"아, 알았다. 그럼 이건 어때?"
"아이, 참! 이건 숫양이야. 뿔이 달렸잖아."
"내가 뭐랬니? 그림을 못 그린다고 했잖아."
"상관없어. 다시 그려줘."
"넌 참 집요하구나. 좋아 더 그려주지. 자, 됐니?"
"이건 너무 늙었어. 난 오래 살 수 있는 양이 필요하단 말이야."

"난 오래 살 수 있는 양이 필요해."

인내심에 한계가 왔다. 나는 상자 하나를 대충 그려주고는 한마디 툭
던졌다.

"옛다. 네가 원하는 양은 이 상자 안에 있다."
"그래, 이게 바로 내가 원하던 거야!"
"너 어디 아프니? 괜찮아?"
"근데 이 양에게 풀을 많이 줘야 해?"
"뭐라고?"
"내가 사는 곳은 아주 작거든."
"괜찮을 거다. 네게 그려 준 건 아주 작은 양이니까."
"그렇게 작지는 않은데? 어라! 양이 잠들었네."

"옜다. 네가 원하는 양은 이 상자 안에 있다."
"그래, 이게 바로 내가 원하던 거야!"

그림을 하나 보여주겠다. 내가 그린 어린 왕자 초상화 중에서 제일 잘된 것이다. 물론 실제 어린 왕자는 그림보다 훨씬 더 매력적이다. 하지만 그건 내 잘못이 아니다. 여섯 살 때 어른들 때문에 화가의 꿈을 포기한 나는 속이 보이지 않는 보아뱀과 속이 보이는 보아뱀 이외에는 그림을 그려본 적이 없으니까.

"실제 어린 왕자는 그림보다 훨씬 더 매력적이다."

3. 너는 어디에서 왔니

　아이는 온종일 질문을 해댔고, 내 질문에는 동문서답이었다. 그러면서 나는 그 아이에 대해 조금씩 알게 되었다.

　"이건 대체 뭐에 쓰는 물건이야?"
　"물건이 아니라 비행기야. 이걸 타고 하늘을 나는 거지. 불행하게도 이곳에 추락하긴 했지만."
　"뭐, 하늘에서 떨어졌다고?"
　"그래, 그렇단다."
　"키득 키득, 그거 참 재미있네!"
　"재미있다니! 남의 불행 앞에서 그렇게 웃으면 안 되는 거야."
　"그럼, 아저씨도 하늘에서 온 거네! 어느 별이야?"
　"가만… 그럼 너는 다른 별에서 온 거구나?"
　"하기야 이런 걸로는 그렇게 멀리서 올 수는 없었겠네."

"그럼, 아저씨도 하늘에서 온 거네! 어느 별이야?"

"가만… 그럼 너는 다른 별에서 온 거구나?"

"너는 어디에서 왔니? 내가 그려준 양을 어디로 데려간다는 거니?"

"아저씨가 그려준 상자가 밤에는 집이 될 테니 잘 됐네."

"그렇고말고! 내 말을 잘 들으면, 양을 매어둘 고삐와 말뚝도 그려주마!"

"뭐? 양을 매어둔다고? 정말 희한한 생각을 다하네. 하하하."

"양을 매어두지 않으면 아무 데나 돌아다니다가 길을 잃을지도 몰라."

"하하하… 우습잖아, 도대체 양이 어디로 간다는 거야?"

"어디든! 그냥 앞으로 곧장 갈 수도 있고…."

"그런 걱정은 안 해도 돼. 내가 사는 곳은 아주 작으니까. (아이의 표정이 갑자기 어두워지면서) 앞으로 곧장 가봤자 멀리 갈 수도 없는걸…."

"그런 걱정은 안 해도 돼. 내가 사는 곳은 아주
작으니까. 앞으로 곧장 가봤자 멀리 갈 수도 없는 걸…"

4. 소행성 B612

　나는 '어린 왕자가 집 한 채 크기도 되지 않는 아주 작은 별에서 왔다'는 사실을 알게 되었지만 그다지 놀랄 일은 아니었다. 태양계에는 지구, 목성, 화성, 금성처럼 이름이 붙여진 커다란 행성만 있는 게 아니라 망원경으로도 관찰할 수 없을 만큼 아주 작은 별들이 수백, 수천 개도 넘는다는 것을 이미 알고 있었으니까. 나는 어린 왕자의 별이 '소행성 B612'라고 생각했다.

"나는 어린 왕자의 별이 '소행성 B612'라고 생각했다."

어린 왕자의 별이 '소행성 B612'이라는 사실을 굳이 알려주는 것은 순전히 어른들 때문이다. 가령 "붉은 벽돌로 지은 집을 봤어요. 정원에는 장미가 피어 있고, 지붕에는 비둘기들이 살아요"라고 말하면 어른들은 결코 그 집을 상상하지 못한다. 그들에게는 "십억 원짜리 집을 봤어요"라고 말해야 한다. 그러면 그들은 "정말 좋은 집이구나" 하며 부러워하거나 감탄할 것이다.

"어린 왕자가 있었다는 증거는, 그가 귀여웠고, 잘 웃었고, 양 한 마리를 갖고 싶어 했다는 것이야. 누군가 양을 원한다면 그건 어린 왕자가 이 세상에 존재했었다는 증거야"라고 말하면 어른들은 당신을 어린애로 취급할 것이다. 어른에게는 "어린 왕자는 소행성 B612에서 왔다"고 숫자로 말해야 한다. 그렇다고 어른들을 탓하지는 말자. 어린아이들은 어른들을 아주 너그럽게 대해줘야 한다.

"어린 왕자가 있었다는 증거는,
그가 귀여웠고, 잘 웃었고,
양 한 마리를 갖고 싶어 했다는 것이야."

나는 사람들이 이 책을 가볍게 읽고 금세 잊어버리는 것을 바라지 않는다. 어린 왕자를 떠올릴 때면 나는 깊은 슬픔에 빠진다. 지금 그를 되새기는 것은 그를 잊지 않기 위해서다. 친구를 잊는다는 것은 슬픈 일이다. 누구나 다 친구를 갖는 것은 아니다. 내가 만약 어린 왕자를 잊는다면, 나 또한 숫자에만 관심 있는 어른들처럼 될지 모른다. 시간이 흘러 기억이 점점 흐릿해진다. 어린 왕자의 키도, 어린 왕자의 옷 색깔도 흐릿하다. 생각해보면 내 어린 친구는 자기에 대해 어떤 것도 자세히 설명해준 적이 없었다. 그는 나를 자기와 비슷한 존재로 생각했던 것 같은데, 불행하게도 나는 그때나 지금이나 상자 안의 양을 볼 줄 모른다. 나도 조금은 어른들을 닮아버린 것 같다. 어쩌면 늙었는지도 모르겠다.

"불행하게도 나는 그때나 지금이나 상자 안의 양을
볼 줄 모른다. 나도 조금은 어른들을 닮아버린 건 같다."

5. 바오밥나무를 조심해

사흘째 되던 날, 어린 왕자가 아주 심각한 표정으로 물었다.

"양이 작은 나무를 먹는다는 게 정말이야?"
"응, 정말이지."
"아, 다행이다! 그럼, 바오밥나무도 먹겠지?"
"바오밥나무는 엄청 커. 코끼리 떼가 몰려가도 한 그루조차 먹지 못해."
"코끼리 떼라고? 하하, 그럼 코끼리들을 포개 놓아야겠네."
"도대체 무슨 말을 하는지 모르겠구나."
"그런데 말이야, 바오밥나무도 다 자라기 전에는 조그맣잖아."
"그렇긴 하지. 그런데 왜 양이 바오밥나무를 먹어야 하지?"
"아휴, 참!"

어린 왕자는 어이가 없다는 표정을 지었다. 나는 이 수수께끼를 풀려고 머리를 쥐어짰지만, 그때는 양이 작은 나무를 먹는다는 게 왜 그렇게 중요한지 이해하지 못했다.

"양이 작은 나무를 먹는다는 게 정말이야?"
"응, 정말이지."
"아, 다행이다! 그럼, 바오밥나무도 먹겠지?"

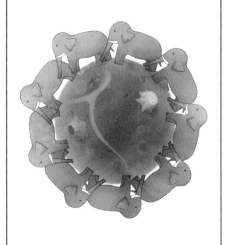

어린 왕자의 별에는 바오밥나무 씨앗들이 퍼져있었는데, 바오밥나무의 새싹은 조금만 늦어도 뽑을 수 없을 만큼 크게 자란다. 금세 자란 바오밥나무들이 별 전체를 뒤덮고, 뿌리가 별 속으로 파고들어 작은 별에 구멍을 내면, 마침내 별은 산산조각이 나고 마는 것이다.

"그건 규율의 문제야. 아침에 세수를 하고 나면 별을 정성껏 돌봐야 해. 바오밥나무의 새싹은 장미와 비슷해. 그러니까 구별할 수 있을 만큼 자라면 바로 바로 뽑아버려야 해. 그것은 무척 귀찮은 일이지만 쉬운 일이기도 해. 내가 얘기한 바오밥나무를 잘 그려두는 게 좋을 거야. 언젠가 지구의 아이들이 여행할 때 그 그림이 도움이 될 테니까. 가끔은 할 일을 뒤로 미뤄도 괜찮은 경우가 있지. 근데 바오밥나무의 경우, 그랬다가는 끔찍한 일이 벌어지고 말아. 내가 아는 게으름뱅이가 사는 어떤 별은 작은 바오밥나무 세 그루를 대수롭지 않게 여겼다가 그만…"

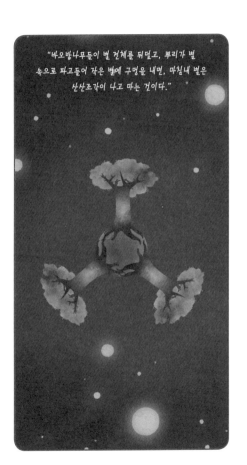

"바오밥나무들이 별 전체를 뒤덮고, 뿌리가 별
속으로 파고들어 작은 별에 구멍을 내면, 마침내 별은
산산조각이 나고 마는 것이다."

6. 쓸쓸할 땐 석양을 봐

어린 왕자의 별은 아주 작아서 의자를 조금만 뒤로 물리면 몇 번이고 원하는 만큼 석양을 볼 수 있었고, 석양을 바라보는 일이 어린 왕자의 유일한 위안이었다.

"난 석양이 정말 좋아. 해 지는 거 보러 가자."

"그러려면 기다려야 해."

"뭘 기다려?"

"해가 지기를 기다려야지."

"기다린다고? 아, 깜박했네. 아직도 내 별에 있는 줄 알았지 뭐야."

"그렇지. 네 별은 아주 작아서 굳이 기다릴 필요가 없겠구나."

"응. 언젠가는 해 지는 걸 마흔네 번이나 보기도 했어. 그거 알아? 너무 슬퍼지면 해 지는 게 보고 싶어져."

"그럼 마흔네 번이나 본 날은 그만큼 슬펐던 거니?"

어린 왕자는 대답을 하지 않았다.

7. 꽃을 보려면 가시도 봐야 해

닷새째 되는 날, 어린 왕자가 심각한 표정으로 내게 물었다.

"양이 작은 나무를 먹는다면 꽃도 먹겠어?"
"그럼, 닥치는 대로 무엇이든 먹어 치우지."
"가시가 달린 꽃도 먹을까?"
"당연히 먹지."
"그렇다면 가시는 왜 달려있는데?"
"……"

"왜 대답을 안 해? 도대체 가시는 왜 달려있는 건데?"
"가시 같은 건 아무짝에도 쓸모가 없어. 그건 꽃이 괜히 심통을 부리는 거야."

"아니, 아저씨를 믿지 못하겠어. 꽃은 약해. 순진하기도 하고, 꽃은 자기를 지키려고 애를 쓰고 있는 거야. 가시가 있으면 자기가 무섭게 보일 거라고 생각하는 거지."

"꽃은 아예 / 숨기하기도 하고
꽃은 자기를 지키려고 애를 쓰고 있는 거야."

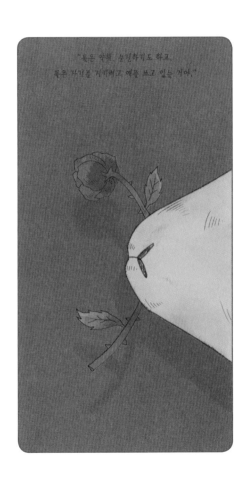

나는 아무 대답도 하지 않았다. 그 순간 나는 비행기를 수리하는 데
열중하고 있었다.

　"정말로 꽃들이 심통을 부리는 거라고 생각해?"

　"그만해! 아무렇게나 대답한 거야. 봐, 나는 지금 중요한 일을 하고
있잖니."

　"중요한 일이라고? 마치 어른처럼 말하네! 아저씨는 지금 모든 걸
혼동하고 있어. 모든 걸 뒤죽박죽으로 만들어버렸어."

　"꼬마야, 나는 지금⋯."

　"내가 아는 어떤 별에 얼굴이 붉은 사람이 살고 있어. 그는 꽃향기
를 맡아본 적이 없어. 물론 별을 바라본 적도 없고, 누구를 사랑해본 적
도 없지. 그는 계산하는 것 말고는 아무것도 해본 게 없어. 지금 아저씨
처럼 온종일 같은 말만 되풀이하지. '나는 중요한 일을 하느라 바빠!'
하면서 교만으로 가득 차 있어. 그러니 그는 사람이 아니야, 그냥 버섯
이지!"

　"뭐라고?"

　"버섯일 뿐이라고!"

"어떤 별에 얼굴이 붉은 사람이 살고 있어.
그는 꽃향기를 맡아본 적이 없어.
별을 바라본 적도 없고, 누구를 사랑해본 적도 없지.
그는 사람이 아니야, 그냥 버섯이지!"

어린 왕자의 창백했던 얼굴은 점점 벌겋게 달아오르고 있었다.

"수백만 년 전부터 꽃들은 가시를 만들어왔어. 양들은 수백만 년 전부터 그 꽃을 먹어왔고. 그걸 이해하는 일이 중요한 게 아니라고? 양들과 꽃들의 전쟁이 별 거 아니라고? 얼굴이 붉은 그 뚱뚱한 아저씨가 하는 계산이 더 중요하다는 거야? 세상 어디에도 없는, 세상에 오직 하나뿐인 꽃이 내 별에 살고 있는데, 어느 날 아침 어린 양이 무심코 그 꽃을 먹어버린다면…. 그게 중요한 일이 아니라고?"

"꼬마야, 진정하고 내 말 좀 들어봐…."

"수백만, 수천만 개나 되는 별들 중에 세상에 단 하나뿐인 꽃이 피어 있고, 누군가 그 꽃을 사랑한다면, 그는 별들을 바라보는 것만으로도 충분히 행복해질 수 있어. 그는 이렇게 말하겠지. '저기 어딘가에 내 꽃이 있어!' 그런데 양이 그 꽃을 먹어버린다면, 그에게는 저 많은 별들이 한 순간에 빛을 잃는 것이야. 그런데도 그게 중요하지 않다고?"

"별들 가운데 세상에 단 하나뿐인 꽃이 피어있고,
그 꽃을 사랑한다면, 그는 별들을 바라보는 것만으로도
충분히 행복해질 수 있어."

어린 왕자는 흐느끼기 시작했다. 주위는 이미 어둠이 깔려있었다. 나는 연장을 내려놓았다. 망치도 나사도 목마름도 죽음마저도 하찮게 느껴졌다. 단지 지구라는 내 별에, 내가 위로해주어야 할 어린 왕자가 있을 뿐. 나는 그를 품에 안고 가만히 어루만졌다. 나는 더 이상 어떤 말을 해야 할지 몰랐다. 어떻게 해야 어린 왕자를 달래줄 수 있는지, 어떻게 해야 그와 한 마음이 될 수 있는지, 나는 알지 못했다. 눈물의 왕국은 내가 닿을 수 없는 신비한 곳이었다.

"네가 사랑하는 그 꽃은 이제 위험하지 않을 거야. 양의 입에 입마개를 하나 그려줄게. 네 꽃을 위해 보호막도 그려주고. 그리고 또…."

"어떻게 해야 어린 왕자를 달래줄 수 있는지,
어떻게 해야 그와 한 마음이 될 수 있는지,
나는 알지 못했다. 눈물의 왕국은 내가 닿을 수 없는
신비한 곳이었다."

8. 장미, 오묘순덩어리

어느 날 어린 왕자의 별에 낯선 싹이 텄다. 어린 왕자는 꽃이 피기를 기다렸지만 봉우리 속의 꽃은 좀처럼 나오지 않았다. 몇 날 며칠을 기다린 끝에, 어느 날 해가 막 떠오르던 시각, 드디어 꽃이 사태를 드러냈다. 꽃은 하품을 하면서 어린 왕자에게 태연스럽게 말을 걸었다.

"아함! 이제야 겨우 일어났네. 어머, 미안해요. 내 머리, 온통 헝클어졌죠?"
"아, 아니, 너, 너무… 아, 아름다워!"
"호호, 그렇죠? 난 태양과 함께 태어났으니까요. 뭐해요? 아침 식사 시간이 된 것 같은데, 나를 위해 식사를 준비해주시겠어요?"

어린 왕자는 잠시 어리둥절했지만 이내 물뿌리개에 신선한 물을 가득 담아와 꽃에게 흠뻑 뿌려주었다.

새침떼기 꽃은 아무 것도 아닌 일로 어린 왕자를 귀찮게 하곤 했다.

"내 가시가 보이죠? 호랑이가 말톱을 세워 덤벼도 끄떡없어요."

"내 별에는 호랑이가 없어! 그리고 호랑이는 풀을 먹지 않아."

"쳇, 난 풀이 아니거든요."

"아, 미, 미안해."

"됐어요. 그건 그렇고 난 바람은 딱 질색이라. 혹시 바람막이를 갖고 있나요?"

"꽃이 바람을 싫어하다니? 그것 참 안된 일이네. 그나저나 너는 무척 까다로운 걸?"

"홍, 밤에는 내게 유리 덮개를 씌워주세요. 당신의 별은 너무 춥네요. 아무래도 잘못 왔나봐. 내가 살던 곳은…." (꽃은 말을 잇지 못했다. 씨 앗의 상태로 왔기 때문에 실은 다른 세상에 대해 아는 게 전혀 없었던 것이다.)

"아이참, 바람막이는요?"

"찾으려던 참인데, 네가 자꾸 말, 말을 걸었잖아."

"몰라요. 아이 추워! 에취! 에취!"

"내 가시가 보이죠?
호랑이가 발톱을 세워 덤벼도 끄떡없어요."

어린 왕자는 꽃을 사랑했지만, 사랑한 만큼 의심도 커져갔고, 의심이 커져가는 만큼 불행해져갔다.

"그 꽃이 하는 말에 귀를 기울이지 말아야 했어. 꽃들이 하는 말은 귀 담아들어선 안 돼. 꽃은 그냥 바라보고 향기만 맡아야 해. 내 꽃이 내 별을 향기로 가득 채워주었는데, 난 그 기쁨을 즐길 줄 몰랐어. 그 발톱 이야기도 짜증을 낼 게 아니라 가엾게 여기고 보듬어주었어야 했어. 난 그때 아무것도 몰랐어. 말이 아니라 행동으로 꽃을 판단했어야 해. 그 꽃은 내게 향기를 주고 환한 빛을 주었는데…, 나는 도망치지 말아야 했어! 그 가여운 거짓말 뒤에 숨긴 다정한 마음을 눈치 챘어야 했어. 꽃은 정말 모순덩어리야! 꽃을 사랑하기에는 나는 너무 어렸어."

"꽃은 내게 향기를 주고 환한 빛을 주었는데….
그 가여운 거짓말 뒤에 숨긴 다정한 마음을
눈치챘어야 했어. 꽃은 정말 모순덩어리야!
꽃을 사랑하기에는 나는 너무 어렸어."

9. 이별, 부디 행복하길 바랄게

별을 떠나던 날 아침, 어린 왕자는 별을 깨끗이 정돈했다. 그의 별에는 아침 식사를 데우는 데 유용하게 썼던 두 개의 활화산과 의자로 썼던 한 개의 휴화산이 있었다. 어린 왕자는 두 개의 활화산을 정성껏 청소한 다음 '언제 다시 폭발할 지도 모르는 일'이라 생각하며 휴화산도 깨끗이 청소했다.

어린 왕자는 조금은 우울한 마음으로 마지막 남은 바오밥나무의 싹들을 뽑아냈다. 이 별에 다시 돌아오는 일은 없을 거라 생각했기 때문이다. 그래서일까. 그동안 매일 아침 해왔던 모든 일들이 유난히 정겹게 느껴졌다. 장미꽃에게 마지막으로 물을 주고 유리 덮개를 씌워주려는 순간, 어린 왕자는 울음이 터질 것만 같았다.

"다시는 돌아올 수 없을 거야···.
장미꽃에게 마지막으로 물을 주고
유리 덮개를 씌워주려는 순간,
어린 왕자는 울음이 터질 것만 같았다."

"꽃아, 안녕. 자, 잘 있어."

"정말 가는 거야? 내가 어리석었어. 행복하길 바랄게."

"너답지 않게 왜 그래? 너 정말로 아픈 거니?

"널 사랑해. 그것도 몰라주고… 상관없어. 너나 나나 어리석었을 뿐이야. 유리 덮개는 그냥 내버려둬. 이제는 필요 없으니까."

"그래도 바람이 불면…."

"실은 감기 걸리지 않았어. 그렇게 추위에 약하지도 않아. 신선한 밤 공기는 오히려 몸에 더 좋을 거야. 나는 꽃이니까."

"하지만 벌레들이…."

"나비를 만나려면 애벌레 몇 마리쯤은 견뎌내야지. 나비마저 없으면 누가 날 찾아올까? 덩치 큰 짐승들은 두렵지 않아. 내게는 네 개의 가시가 있으니까. 그러니 어서 가!"

그렇게 어린 왕자는 자기 별을 떠났다.

"나비를 만나려면 애벌레 몇 마리쯤은 견뎌내야지.
나비마저 없으면 누가 날 찾아올까. 짐승들은 두렵지
않아. 내게는 네 개의 가시가 있으니까.
그러니 어서 가!"

10. 나는 왕이로소이다

어린 왕자의 별은 소행성 325, 326, 327, 328, 329, 330 등 여섯 개의 별과 이웃해있었다. 어린 왕자는 이웃의 별들을 차례로 방문했다. 첫 번째 별에는 왕이 살고 있었다.

"어서 오너라 나의 신하여!"

"처음 봤는데 어떻게 나를 알아보는 거지?"

"그야 세상 모든 사람이 짐의 신하이기 때문이지. 이리 가까이 오라."

"그런데 여긴 앉을 자리가 없네. 피곤한데… 아함, 졸려!"

"왕 앞에서 하품을 하는 것은 예절에 어긋나는 일이다. 하품을 금하노라."

"참을 수가 없는 걸. 긴 여행을 했고, 잠도 제대로 못 잤거든."

"그렇다면 내게 하품할 것을 명하노라. 하품하는 사람을 본 지도 여러 해가 되었구나. 오랜만에 보니 신기하구나. 자, 다시 하품을 하여라. 어명이니라."

"그렇게 엄포를 놓으니, 오히려 하품이 안 나오잖아."

"흠! 흠! 그렇다면 짐이 명하노니, 하품을 하기도 하고… 음, 하지 말기도…."

왕은 언짢은 기색으로 말을 얼버무렸다.

"그나저나 나 좀 앉을 수 있을까? 너무 피곤하거든…."

"흠, (옷을 조금 끌어당기며) 짐은 네가 앉기를 명하노라."

"한 가지 물어봐도 돼?"

"짐은 내게 질문할 것을 명하노라."

"아저씨가 왕이면, 무엇을 다스리고 있다는 거야?"

"으흠, 짐은 내 별과 저 별들, 세상의 모든 것을 다스리노라."

"모든 것이라고? 저 별들을 모두 다스린다고?"

"그래. 저 모든 별들을 내가 다 다스리지!"

"그럼 모든 별들이 아저씨 말에 복종한다는 거야?"

"물론이지. 짐이 명령하면 모든 별이 즉각 복종하지. 명령 불복종은 있을 수 없는 일이니라."

"만약 짐이 어떤 장군에게 바닷새로 변하라고 명을
내렸는데 그가 바닷새로 변하지 못했다면, 장군의
잘못이 아니다. 그건 짐의 잘못이니라."

"그렇다면 좋아! 해 지는 모습을 보고 싶어, 소원이야. 해가 지도록 명령을 내려줘."

"누구에게 명을 할 때는 그 사람이 할 수 있는 것을 요구해야 한다. 백성들에게 바다에 몸을 던지라고 명하면 그들은 반란을 일으킬 것이다. 왕이 백성에게 복종을 요구할 수 있는 것은 그 명령이 이치에 맞기 때문이니라."

"그럼 해가 지도록 명령해달라는 내 부탁은?"

"석양을 보게 해주마. 짐이 명을 내리겠노라. 허나 짐의 통치 원칙에 따라 조건이 갖추어질 때까지 기다려야 한다."

"그게 언젠데? 언제까지 기다려야 하는데…."

"흠! 그러니까 그건 (커다란 달력을 들추며) 오늘 저녁 일곱 시 사십 분쯤 될 것이다. 그때 너는 짐의 명령이 얼마나 잘 이행되는지 보게 될 것이니라."

"해 지는 모습을 보고 싶어. 소원이야,
해가 지도록 명령을 내려줘."
"누구에게 명을 할 때는
그 사람이 할 수 있는 것을 요구해야 한다."

"여기서 내가 할 일은 하나도 없네. 이제 떠나야겠어."

"떠나지 마라. 너를 법무부 장관에 임명하노라."

"하지만 이 별에는 재판 받을 사람이 아무도 없잖아!"

"내 별에 살고 있는 늙은 쥐를 심판하거라. 그 쥐에게 사형 선고를 내리면 그 쥐의 목숨은 너의 손에 좌우될 것이니라. 물론 사형을 내린 뒤에는 반드시 사면해주어야 한다. 단 한 마리밖에 없으니…."

"사형 선고를 내리는 일은 하기 싫어. 이만 떠나야겠어."

"안 돼. 그건 아니 된다."

"명령이 지켜지기를 원한다면, 내게 이치에 맞는 명령을 내려주면 돼. 가령 일 분 후에 이 별을 떠나라고 명령을 내리는 거야."

"할 수 없구나. 짐은 그대를 대사로 임명하노라."

왕의 별을 떠나며 어린 왕자는 생각했다. '어른들은 정말 이상해.'

"명령이 지켜지기를 원한다면,
내게 이치에 맞는 명령을 내려주면 돼.
가령 일 분 후에 이 별을 떠나라고
내게 명령을 내리는 거야."

11. 허풍선이는 못 말려

두 번째 별에는 허풍선이가 살았다.

"아하! 드디어 나를 숭배할 사람이 왔구나!"

"안녕, 아저씨는 희한한 모자를 쓰고 있네."

"이건 답례를 위한 거야. 사람들이 내게 환호를 보낼 때 답례를 하기 위한 모자란다. 하지만 불행하게도 이곳을 지나가는 사람이 아무도 없었지."

"아, 그래?"

"손뼉을 한번 쳐볼래?"

"짝짝짝, 됐어?"

"고맙구나. 나의 숭배자여!"

"안녕, 아저씨는 희한한 모자를 쓰고 있네."
"이건 답례를 위한 거야. 사람들이 내게 환호를 보낼 때
답례를 하기 위한 모자란다."

"그런데 그 모자를 땅에 떨어뜨리려면 어떻게 하면 돼?"

"뭐라고? (그는 칭찬하는 말밖에는 듣지 못한다) 나를 진심으로 숭배하는 거 맞니?"

"숭배하는 게 뭔데?"

"그건 내가 이 별에서 가장 잘생겼고, 가장 옷을 잘 입고, 가장 돈이 많고, 가장 똑똑하다는 것을 인정한다는 거지."

"하지만 이 별에는 아저씨 혼자뿐이잖아!"

"어쨌든 나를 숭배해주렴! 나를 기쁘게 해다오!"

"좋아, 난 아저씨를 숭배해. 그런데 그게 아저씨한테 무슨 소용이 있지?"

그 별을 떠나면서 어린 왕자는 또 생각했다. '어른들은 아무래도 이상해.'

12. 주정뱅이가 술을 마시는 이유

세 번째 별에는 주정뱅이가 살았다. 이곳저곳에 빈 병들이 나뒹굴고 있고, 주정뱅이는 술병 무더기를 앞에 두고 아무 말 없이 앉아있었다.

"아저씨, 지금 뭐 하고 있어?"
"술을 마시고 있지."
"술을 왜 마시는데?"
"잊어버리려고 마시는 거란다."
"뭘 잊어?"
"창피한 걸 잊으려는 거지."
"뭐가 창피한데?"
"술을 마시는 게 창피하구나."

주정뱅이는 더 이상 입을 열지 않았다. 어린 왕자는 머리를 갸웃거리며 그 별을 떠났다. '어른들은 정말 이상해.'

13. 사업가의 이상한 계산법

네 번째 별은 사업가의 별이었다. 이 사람은 뭐가 바쁜지 어린 왕자가 왔는데도 고개조차 들지 않았다.

"안녕, 아저씨. 담뱃불이 꺼졌네."

"셋 더하기 둘은 다섯. 다섯 더하기 일곱은 열둘 … 스물둘 더하기 여섯은 스물여덟. 담뱃불을 다시 붙일 시간이 없네. 스물여섯에 다섯은 서른하나 … 다 합쳐서 오억일백육십만…."

"뭐가 오억이야?"

"여태 거기에 있었니? 오억일백만… 이런, 잊어버렸네… 쓸데없는 얘기를 나눌 시간이 없단다. 둘에 다섯을 더하면 일곱…."

"뭐가 오억인데?"

"내가 이 별에서 오십사 년을 살았는데, 내 일에 방해를 받은 건 딱 세 번뿐이야. 첫 번째는 이십이 년 전에 어디서 날아온 풍뎅이 한 마리 때문이었어. 하도 윙윙거리는 통에 덧셈을 네 군데나 틀렸지. 두 번째는 십일 년 전 운동 부족으로 악화된 신경통 때문이었고 세 번째가 바로 지금이야! 가만… 내가 어디까지 했더라? 오억일백만…."

"뭐가 오억일백만이라는 거야?"

"어디서 날아온 풍뎅이 한 마리 때문이었어.
하도 윙윙거리는 통에 덧셈을 네 군데나 틀렸지."

사업가는 더 이상 일에 집중하기는 틀렸다는 것을 깨달았다.

"나는 별을 세고 있는 거야."

"오억 개의 별을 세어서 뭘 하는데?"

"오억이 아니라 오억일백육십이만 이천칠백삼십일 개란다. 나는 성실하고 정확한 사람이지."

"그러니까 그 별들을 가지고 뭘 하는데?"

"하긴 뭘 해. 그냥 소유하는 거지."

"아저씨가 저 별들을 모두 소유하고 있다고?"

"그렇지."

"하지만 지난번에 만났던 왕은…."

"왕은 소유하지 않아. 왕은 다스릴 뿐이지. 그건 아주 다른 거야."

"그럼 그 별들을 소유해서 뭐해?"

"그만큼 부자가 되는 거니까."

"부자가 되면 뭐가 좋은데?"

"누군가 별을 발견하면 그것을 사는 거지."

"별들을 어떻게 소유할 수 있어?"

"네가 만약 임자 없는 다이아몬드를 발견한다면 그건 네 것이고, 네가 어떤 생각을 제일 먼저 하게 되면 특허를 얻을 수 있지. 마찬가지야. 별을 소유한다는 생각을 내가 제일 먼저 했으니까 저 별들을 내가 소유하는 거야."

"그렇다 해도 별을 가지고 뭘 하는데?"

"별들을 세면서 관리하지. 그건 어려운 일이지만 나는 성실한 사람이거든."

"별을 목도리처럼 목에 걸고 다닐 수는 없잖아."

"그렇지만 은행에 맡길 수는 있지."

"그게 무슨 말이야?"

"그건 작은 종이에 내가 소유한 별들의 개수를 적어서 서랍에 넣은 다음 자물쇠로 잠가둔다는 뜻이지."

"그게 다야?"

"그렇지."

"별들을 어떻게 소유할 수 있어?"
"별을 소유한다는 생각을 내가 제일 먼저 했으니까."

어린 왕자는 사업가의 말이 재미는 있었지만 그다지 중요한 일은 아니라고 생각했다.

"나에게는 꽃 한 송이가 있어. 난 그 꽃에 매일 물을 줘. 화산도 세 개나 갖고 있는데 매주 청소를 해주지. 꺼진 화산도 청소를 해줘야 해. 언제 폭발할지 모르니까. 내가 꽃이나 화산을 가지고 있다는 건 그들에게도 유익한 일이야. 하지만 아저씨는 별들에게 어떤 도움도 되질 않잖아."

사업가는 마땅한 대답을 찾지 못했고, 어린 왕자는 그 별을 떠났다.
'어른들은 정말, 정말 이상한 사람들이야.'

14. 가로등지기는 피곤해

다섯 번째 별은 너무 작아서 가로등 하나와 가로등지기 한 사람이 겨우 서 있을 공간밖에 없었다. 어린 왕자는 집도 사람도 없는 별에 가로등과 가로등지기가 왜 필요한지 이해할 수 없었지만, '그가 가로등을 끄면 별도 꽃도 잠이 들어. 그건 아름다운 일이고, 아름다운 건 유익한 일'이라 생각하며 가로등지기에게 공손히 인사를 건넸다.

"안녕, 가로등을 막 끄던데 왜 그런 거야?"
"그건 명령이니까. 좋은 아침!"
"어떤 명령인데?"
"가로등을 끄라는 거지. 잘 자!" (다시 등을 켠다.)
"그럼 왜 또 금방 등을 켠 건데?"
"명령이니까."
"무슨 말인지 모르겠는걸."
"알려고 하지마. 명령은 그냥 명령이니까. 좋은 아침!" (다시 등을 끈다.)

"이건 정말 고된 일이야. 예전에는 이렇게까지 힘들지는 않았는데… 아침에는 등을 끄고 저녁이 되면 등을 켰어. 그 사이 낮에는 쉴 수 있었거든. 밤새는 잠도 잘 수 있었고."

"그럼 지금은 명령이 바뀐 거야?"

"명령은 바뀌지 않았어. 그게 비극이지! 이 별의 자전 속도는 해마다 점점 빨라지는데, 명령은 바뀌지 않았으니까!"

"그래서?"

"그래서라니? 지금은 일 분에 한 번씩 돌거든. 그러니 잠시도 쉴 수가 없는 거야. 일 분마다 한 번씩 등을 켜고, 또 꺼야 하니까."

"그것 참 이상하네. 이 별은 하루가 일 분이라는 거잖아!"

"조금도 이상할 게 없어. 우리가 대화를 나눈 지 벌써 한 달이 지났거든."

"한 달이라고?"

"그래. 삼십 분이 지났으니 한 달이 된 거지. 좋은 밤!"

어린 왕자는 그를 돕고 싶었다.

"쉬고 싶을 때 쉴 수 있는 방법을 내가 알고 있는데…."
"그래? 난 언제나 쉬고 싶단다."
"아저씨의 별은 아주 작기 때문에 세 발짝만 걸어가면 한 바퀴 돌 수
있어. 천천히 걷기만 하면 계속 낮인 채로 있을 수 있는 거야. 그러니까
쉬고 싶으면 걸어. 그럼 원하는 만큼 낮이 계속될 거야."
"그건 별로 도움이 되질 않아. 내가 정말로 바라는 건 잠을 자는 거
거든."
"그것 참 안됐네."
"그러게 말이다. (다시 등을 끄며) 좋은 아침!"

어린 왕자는 '친구가 될 수 있는 유일한 사람'을 두고 떠나는 게 아쉬
웠다고 말했지만, 하루에 천사백마흔 번이나 석양을 볼 수 있는 별을
떠난다는 게 더 아쉬웠을지도 모른다.

"하루에 천사백마흔 번이나 석양을 볼 수 있는 별을 떠난다는 게 더 아쉬웠을지도 모른다."

15. 지리학자는 지리를 모른다

가로등지기 별보다 열 배는 더 큰, 여섯 번째 별에는 늙은 지리학자
가 살았다.

"이 커다랗고 두꺼운 책은 뭐야? 할아버지는 여기서 뭘 하고 있는
거야?"

"나는 지리학자란다."

"지리학자가 뭔데?"

"바다와 강, 도시와 산, 그리고 사막이 어디에 있는지 잘 아는 사람
이지."

"재미있겠다. 드디어 진짜 직업다운 직업을 가진 사람을 만났네!"

"그러고 보니 할아버지 별은 정말 아름답네! 혹시 넓고 큰 바다가
있어?"

"그건 알 수 없지."

"실망인 걸. 그럼 산은?"

"그것도 알 수 없지."

"그럼 도시나 강, 사막은 있는 거야?"

"그것들도 알 수 없어."

"지리학자라면서?"

"지리학자가 뭔데?"
"바다와 강, 도시와 산, 그리고 사막이
어디에 있는지 잘 아는 사람이지."

"도시, 강, 산, 바다, 태양, 사막을 세러 다니는 건 탐험가가 하는 일이야. 지리학자는 연구실에서 탐험가들에게 질문을 하고 그들의 기억을 기록하는 거야. 그러다가 흥미로운 게 있으면, 그 탐험가가 믿을 만한 사람인지 그 됨됨이를 조사하지."

"그건 왜?"

"탐험가가 거짓말쟁이거나 술주정뱅이라면 지리책이 엉망이 될 수 있거든. 산이 하나뿐인 곳에 산이 두 개라고 기록하면 되겠니?"

"그렇다면 내가 아는 어떤 아저씨도 엉터리 탐험가일지도 모르겠네."

"그럴 수도 있겠지. 그래서 탐험가가 믿을 만하다고 판단되면 그때 그가 발견한 것을 조사하는 거야."

"직접 가서 보는 거야?"

"아니지. 탐험가에게 증거를 가져오라고 하는 거야. 그런데 너는 멀리서 왔구나! 너도 탐험가인 게 분명해! 너의 별에 대해 내게 자세히 말해주지 않겠니?"

"탐험가가 거짓말쟁이거나 술주정뱅이라면 지리책이
엉망이 될 수 있거든."

"그래, 너의 별은 어떤 별이지?"

"아주 작은 별이야. 화산 두 개와 휴화산 한 개가 있는데 휴화산도 언제 어떻게 새 될지는 몰라."

"그야 그렇지. 어떻게 되는지 누가 알겠니."

"꽃도 하나 있어."

"꽃은 기록하지 않는단다."

"왜? 얼마나 예쁜 꽃인데!"

"꽃이란 덧없는 것이니까."

"덧없다는 게 무슨 뜻이야?"

"지리 책은 모든 책 중에서 가장 귀한 것이야. 산이 위치를 바꾸고 바다가 마르는 일은 매우 드물지. 지질학자는 그런 변함없는 것들만 기록하는 거야."

"하지만 휴화산도 다시 불을 뿜을 수 있어. 그런데 덧없다는 게 뭐야?"

"활화산이든 휴화산이든 상관없어. 지리학자에게는 산이라는 게 중요하지. 산은 변하지 않거든."

"그런데 덧없다는 게 뭐냐고?"

아, 한 번 던진 질문은 결코 그냥 넘어가지 않는 어린 왕자여.

"그건 어느 순간 사라질 수 있다는 뜻이란다."
"내 꽃이 어느 순간 사라질 수 있다고?"
"물론이지."
"그렇다면 내가 어느 별을 여행하는 게 좋을까?"
"지구라는 별이지. 그 별은 아주 평판이 좋단다."

'내 꽃이 덧없는 존재라니! 세상에 맞서 자신을 보호할 무기라곤 가
시 네 개뿐인데, 그런 꽃을 별에 혼자 내버려두고 오다니!' 어린 왕자는
문득 자기 꽃을 생각하면서 지구로 향했다.

"덧없다는 게 뭐야?"
"그건 어느 순간 사라질 수 있다는 뜻이란다."
"내 꽃이 어느 순간 사라질 수 있다고?"

16. 지구라는 별

마침내 어린 왕자가 찾아온 일곱 번째 별이 지구다. 지구에는 수백 명의 왕(물론 흑인 왕도 포함해서)과 수천 명의 지리학자와 수십만 명의 사업가와 수백만 명의 주정뱅이와 수억 명의 허풍선이 등등 수십억 명의 어른이 살고 있으며, 전기가 발명되기 전에는 여섯 대륙에 사십육만 이천오백십일 명이나 되는 가로등지기들이 가스등을 켜야만 했다고 얘기하면 지구가 얼마나 큰 별인지 짐작할 수 있을 것이다.

"지구에는 백열한 명의 왕과 칠천 명의 지리학자와
구십만 명의 사업가와 칠백오십만 명의 주정뱅이와
삼억천백만 명의 허풍선이가 살고 있다."

앗, 잠깐!

지구를 잘 모르는 사람이 내 이야기를 듣고 오해할 수도 있겠다. 지구에서 인간이 차지하는 공간은 실은 그다지 크지 않다. 지구에 사는 모든 사람들을 바짝 붙여 정렬시킨다면, 기껏해야 가로세로 삼사십 킬로미터 크기의 광장이면 충분할 것이다. 태평양의 가장 작은 섬에 인류 전체를 모아 놓을 수도 있다.

어른들은 물론 이 말을 믿지 않을 것이다. 그들은 자신들이 꽤 넓은 공간을 차지하고 있다고 믿는다. 자신들이 바오밥나무처럼 대단하고 중요한 존재라고 생각한다. 숫자를 좋아하는 그들에게 계산을 해보라고 하면 그들은 무척 좋아할 것이다. 하지만 그런 지루한 일에 시간을 낭비할 필요는 없다. 쓸데없는 일이니까. 그저 내 말만 믿으면 된다.

"지루한 일에 시간을 낭비할 필요는 없다.
쓸데없는 일이니까."

17. 뱀은 힘이 세다

어린 왕자가 지구에 처음 도착하여 만난 것은 사막의 뱀이었다.

"안녕, 내가 지금 어느 별에 도착한 거야?"

"지구라는 별이야. 여기는 아프리카라는 곳이고."

"그런데 지구에는 사람이 살지 않니?"

"사막에는 사람이 살지 않아. 지구는 아주 넓거든."

"(하늘을 가리키며) 저기 빛나는 내 별을 봐. 바로 위에 있어. 하지만 너무 멀리 있네."

"아름다운 별이구나. 그런데 여기는 무슨 일로 왔니?"

"어떤 꽃하고 문제가 좀 있었거든."

"그랬구나."

"사람들은 어디에 있는 거야? 사막은 좀 외롭네."

"사람들끼리도 외로운 건 마찬가지야."

"사람들은 어디에 있는 거야? 사막은 좀 외롭네."
"사람들끼리도 외로운 건 마찬가지야.

"그나저나 넌 참 이상하게 생겼다. 손가락처럼 가느다란 것이….."

"그렇지만 나는 왕의 손가락보다 힘이 세지."

"그렇게 힘이 셀 것 같지는 않은데, 발도 없고, 여행도 할 수 없겠는걸."

"(어린 왕자의 발목을 휘감으며) 내가 건드리면 누구든지 자기가 태어난 땅으로 돌아가게 되지. 하지만 너는 순진하고 또 다른 별에서 왔으니까… 연약한 아이가 삭막한 지구 사막에 홀로 떨어지다니… 딱하구나. 언젠가 네 별이 너무 그리워지면, 내가 널 도와줄게. 내가….."

"그래? 좋아. 그런데 넌 왜 자꾸 수수께끼 같은 말만 하는 거니?"

"나는 모든 수수께끼를 풀 수 있으니까."

그리고 그들은 아무 말도 하지 않았다.

"내가 건드리면 누구든지 자기가 태어난 땅으로
돌아가게 되지. 언젠가 네 별이 너무 그리워지면,
내가 널 도와줄게."

18. 사람은 꽃보다 외로워

어린 왕자는 사막을 가로질러 계속 걸어갔다. 그 사이 만난 것은 단지 꽃 한 송이뿐이었다. 꽃잎이 세 개뿐인 보잘 것 없는 꽃이었다.

"안녕, 꽃?"
"안녕, 사람!"
"사람들은 어디 있니?"
"(언젠가 봤던 상단을 떠올리며) 사람들 말이야? 몇 년 전인가 예닐곱 명의 사람이 지나가는 것을 본 적이 있지. 하지만 그들이 어디에 있는지는 몰라. 그들은 바람 따라 떠돌거든. 사람들은 뿌리가 없으니까. 그래서 그들의 삶은 고단픈 거야."

"그래, 잘 있어, 꽃!"
"잘 가, 사람!"

"사람들은 바람처럼 떠돌지. 뿌리가 없으니까.
그래서 그들의 삶은 고달픈 거야."

19. 바위산과 메아리

어린 왕자는 바위산을 올라갔다. '이렇게 높은 산이라면 이 별과 사람들을 모두를 한눈에 볼 수 있을 거야.' 하지만 보이는 것이라곤 바늘처럼 뾰족하게 솟은 바위산들뿐이었다.

"안녕!"
"안녕… 안녕… 안녕…"
"너희는 누구니?"
"너희는 누구니… 너희는 누구니… 너희는 누구니…"
"우리 친구할래? 난 외로워!"
"난 외로워… 난 외로워… 난 외로워…"

어린 왕자는 메아리가 무엇인지 몰랐다. '참 이상한 별이야! 모든 게 메마르고, 뾰족하고, 소금투성이야. 게다가 사람들은 상상력이 없어. 내가 하는 말만 따라 하잖아. 내 별에 꽃은 하나뿐이지만, 그 꽃은 언제나 먼저 말을 걸어주었는데….'

"사람들은 상상력이 없어. 내가 하는 말만 따라 하잖아.
내 별에 꽃은 하나뿐이지만, 그 꽃은 언제나 먼저 말을
걸어주었는데…."

20. 장미 정원에 장미는 없다

어린 왕자는 모래와 바위 그리고 눈 속을 걷고 또 걷다가 마침내 길을 발견했다. 모든 길은 사람들이 사는 곳으로 이어지기 마련이다. 마침내 왕자는 장미꽃이 가득 피어있는 정원에 다다랐다. 어린 왕자는 그 꽃들을 보면서 깜짝 놀랐다. 그 꽃들 모두가 어린 왕자가 별에 두고 온 자신의 꽃과 꼭 닮았기 때문이다.

"너희는 누구니?"
"우린 장미야."
"아!"

어린 왕자는 울컥 슬픔이 북받쳤다. 어린 왕자의 꽃은 자신이 세상에서 단 하나밖에 없는 꽃이라고 말했었다. 그런데 그 정원에는 똑같이 생긴 꽃들이 오천 송이나 피어있었다.

"어린 왕자의 꽃은 자신이 세상에서
단 하나밖에 없는 꽃이라고 말했었다.
그런데 똑같이 생긴 꽃들이 오천 송이나 피어있었다."

'내 꽃이 이 모습을 본다면 무척 속상할 거야. 웃음거리가 되지 않으려고 기침을 심하게 콜록거릴 거야. 죽는 시늉을 할지도 몰라. 그러면 나는 돌봐주는 척이라도 해줘야겠지. 안 그러면 내게 무안을 주려고 정말로 죽어버릴지도 몰라. 이 세상에 단 하나밖에 없는 꽃을 가졌으니 난 부자라고 믿었는데, 실은 평범한 장미꽃 한 송이에 불과했던 거야. 평범한 장미꽃 한 송이, 무릎밖에 안 오는 작은 화산 세 개, 그것도 하나는 불이 영영 꺼져버렸는지도 모르는데… 이 정도를 가지고 위대한 왕자가 될 수는 없어.'

어린 왕자는 풀밭에 엎드려 흐느끼며 울기 시작했다.

"세상에 단 하나밖에 없는 꽃을 가졌으니
난 부자라고 믿었는데, 실은 평범한 장미꽃
한 송이에 불과했던 거야."

21. 어우야 어우야

여우가 나타난 건 그때였다.

"넌 누구야? 정말 예쁘게 생겼구나."

"난 여우야."

"이리 와서 나랑 놀자. 나는 지금 너무 슬퍼."

"안 돼. 난 너랑 놀 수가 없어. 난 길들여지지 않았거든."

"그, 그래? 미안해. 근데 길들인다는 게 뭐야?"

"사람들은 총을 가지고 사냥을 해. 그건 아주 골치 아픈 일이야. 사람들은 닭을 키우는데, 그게 유일한 즐거움이지. 너도 닭을 찾니?"

"아니, 난 친구를 찾고 있어. 근데 길들인다는 게 뭐야?"

"그건 관계를 맺는다는 뜻이야. 너는 내게 아직 다른 수만 명의 아이 중 하나일 뿐이야. 난 네가 필요치 않고, 너도 내가 필요하지 않지. 나도 너에게 아직 수많은 여우 중 하나에 지나지 않으니까. 하지만 네가 날 길들인다면 우린 서로에게 필요한 특별한 존재가 되는 거야. 너는 내게 세상에 하나밖에 없는 아이가 되고, 나는 네게 세상에서 유일한 여우가 되는 거야."

"네가 날 길들인다면 우린 서로에게 필요한
특별한 존재가 되는 거야."

"이제 조금 알 것 같아. 내 별에는 꽃 한 송이가 있는데, 그 꽃이 나를 길들인 것 같아."

"그럴지도 모르지. 내 별에도 혹시 사냥꾼이 있니?"

"아니, 없어."

"그래? 듣던 중 반가운 소리구나. 그럼 닭은 있니?"

"없어."

"그렇군. 역시 완전한 세상은 없구나…. 들어봐, 네가 나를 길들인다면 내 삶은 환해질 거야. 나는 수많은 발소리 중에서 너의 발소리를 구별하게 될 거야. 다른 사람의 발소리가 들리면 나는 굴속으로 숨겠지만, 너의 발소리는 나를 굴 밖으로 나오게 하는 음악이 되겠지. 저기 밀밭이 보이니? 밀밭을 봐도 나는 아무 생각이 없지. 나는 빵을 먹지 않으니까. 그건 슬픈 일이야. 하지만 네 머리칼이 황금빛이잖아. 네가 나를 길들이면 달라질 거야. 그건 멋진 일이지. 생각해봐. 황금빛 밀밭을 볼 때마다 너를 떠올릴 테니까. 밀밭을 스치는 바람마저 사랑하게 되겠지. 부탁인데, 나를 길들여 주겠니?"

"그러고 싶지만 내겐 시간이 별로 없어. 친구도 찾아야 하고 알아야 할 일도 너무 많거든."

"네가 나를 길들이면 달라질 거야. 그건 멋진 일이지.
생각해봐. 황금빛 밀밭을 볼 때마다
나는 너를 떠올릴 테니까.
밀밭을 스치는 바람마저 사랑하게 되겠지."

"누구든 자기가 길들인 것만 알 수 있는 거야. 사람들은 무엇을 알기 위해 더 이상 시간을 들이지 않아. 그들은 상점에서 이미 다 만들어진 물건을 살 뿐이야. 하지만 친구를 파는 상점은 어디에도 없어. 그래서 사람들에게 더 이상 친구가 없는 거야. 네가 친구를 원한다면 나를 길들여야 해."

　"너를 길들이려면 내가 어떻게 해야 하는데?"

　"참을 줄 알아야 해. 우선 나와 좀 떨어진 채로 그렇게 풀밭에 앉아있는 거야. 그럼 내가 곁눈질로 너를 볼 거야. 넌 아무 말도 하지 마. 말은 오해를 불러일으키니까. 하지만 나는 날마다 조금씩 네게 다가가게 될 거야."

　"그래 생각해볼게. 내일 다시 보자."

"네가 친구를 원한다면 나를 길들여야 해…
나는 날마다 조금씩 네게 다가가게 될 거야."

"왜 이제 왔지. 어제와 같은 시간에 왔으면 더 좋았을 텐데. 만약 네가 오후 네 시에 온다면 나는 세 시부터 행복해지기 시작할 거야. 네가 오는 시간이 가까워질수록 나는 점점 더 행복해지겠지. 마침내 네 시가 되면 나는 흥분해서 안절부절 못할 거야. 그러면서 나는 행복이 얼마나 소중한 것인지 알게 되지. 그런데 네가 아무 때나 오면, 난 언제 마음의 준비를 해야 하는지 모르잖아. 의식이 필요하거든."

"의식이 뭐야?"

"그건 어떤 날을 다른 날과 다르게 만들고, 어떤 시간을 다른 시간과 다르게 만드는 거야. 사냥꾼들이 치르는 의식이 하나 있는데, 그들은 목요일에는 반드시 마을 처녀들과 춤을 춰. 그래서 목요일은 내게 가장 신나는 날이야! 그날은 포도밭으로 산책을 나갈 수도 있으니까. 만약 사냥꾼들이 아무 때나 춤을 춘다면, 내게는 휴일도 사라지는 거야."

"만약 네가 오후 네 시에 온다면
나는 세 시부터 행복해지기 시작할 거야."

    어린 왕자는 조금씩 여우를 길들였다. 그러다가 마침내 헤어져야 할 시간이 다가왔다.

"아이야, 자꾸만 눈물이 나려고 해."

"그건 내 잘못이야. 난 네 마음을 아프게 하고 싶지 않았어. 단지 내가 길들여주길 원했잖아."

"그래, 그랬지."

"그런데 넌 지금 울려고 하잖아."

"그래, 맞아."

"그럼 넌 하나도 얻은 게 없잖아."

"아니야, 있어. 밀밭의 황금빛 색깔을 갖게 됐잖아…. 그러니 장미 정원으로 가서 꽃들을 다시 들여다봐. 너의 장미꽃이 이 세상에 오직 하나뿐인 꽃이라는 걸 깨닫게 될 거야. 그런 다음 돌아와서 내게 작별 인사를 해줘. 그럼 내가 비밀 하나를 선물로 줄게."

"장미 정원으로 가서 꽃들을 다시 들여다봐.
너의 장미꽃이 이 세상에 오직
하나뿐인 꽃이라는 걸 깨닫게 될 거야."

어린 왕자는 장미꽃들을 보러 갔다.

"그렇구나. 내 장미와 조금도 닮지 않았어. 너희는 아직 아무 것도 아니야. 누구도 너희를 길들이지 않았고, 너희 역시 아무도 길들이지 않았어. 너희는 내가 여우를 처음 만났을 때와 모습이 같아. 내 여우도 처음에는 수많은 다른 여우와 다를 게 없었지. 하지만 그 여우와 나는 친구가 되었고, 그는 내게 세상에 하나밖에 없는 여우가 되었지. 너희는 아름다워. 하지만 텅 비었지. 누구도 너희를 위해 죽지 않을 거야. 물론 내 꽃도 지나가는 사람들에게는 너희와 비슷하게 보이겠지. 하지만 내게는 내 꽃이 너희 전부보다 더 소중해. 내가 물을 준 건 그 꽃뿐이니까. 내가 유리 덮개를 씌워주고, 바람막이로 가려주고, 벌레를 잡아준 꽃이니까. 물론 두세 마리 벌레는 나비가 되라고 놓아주긴 했지만…. 불평도 들어주고, 허풍도 들어주고, 심지어 아무 말이 없을 때도 그 곁을 지켜줬지. 내 꽃이니까."

"여우와 나는 친구가 되었고,
그는 내게 세상에 하나밖에 없는 여우가 되었지."

어린 왕자는 다시 여우에게 가서 작별 인사를 했다.

"잘 있어."

"그래, 잘 가. 이제 내 비밀을 말해줄게. 아주 간단한 거야. 무엇이든
마음으로 봐야 잘 보인다는 거야. 가장 중요한 것은 눈에 보이지 않아."

"중요한 것은 눈에 보이지 않는다고?"

"그래. 아, 기억해야 할 게 또 있어. 네 장미를 그토록 소중하게 만든
건 바로 네가 그 꽃을 위해 바친 시간이야."

"내가 꽃을 위해 바친 시간이 꽃을 소중하게 만들었다고?"

"그래. 사람들은 이 단순한 진리를 잊어버렸어. 하지만 넌 잊으면 안
돼. 네가 길들인 것에 대해서 너는 영원히 책임을 져야 해. 너는 네 장미
에게 책임이 있어…."

"그렇구나. 나는 내 장미에 대해 책임을 져야 해! 책임을 져야 해!"

"장미를 소중하게 만든 건, 네가 그 꽃을 위해
바친 시간이야. 네가 길들인 것에 대해서
너는 영원히 책임을 져야 해."

22. 기차는 빠르고 철도원은 바빠

여우와 헤어지고 어린 왕자가 만난 사람은 철도원이었다.

"아저씨는 여기서 뭐해?"

"승객들을 천 명씩 나눠서 태우는 거야. 승객들을 태우면 기차를 오른쪽 혹은 왼쪽으로 보내는 거지."

"(요란하게 지나가는 급행열차를 보면서) 저 사람들은 무척 바쁜 모양이야. 뭘 찾고 있는 거야?"

"그건 기차를 모는 기관사조차 몰라."

"(반대편에서 지나가는 급행열차를 보면서) 아까 그 사람들이 벌써 돌아오는 거야?"

"그 사람들이 아니야. 다른 기차가 엇갈려서 가는 거야."

"저 사람들은 자기가 살던 곳이 마음에 들지 않았나보네."

"자기가 사는 곳에 만족하는 사람은 아무도 없지."

그 사이 불을 환하게 켠 급행열차가 다시 요란하게 지나갔다.

"저건 처음 사나긴 승객들을 쫓아가는 건가?"

"저들은 누구를 쫓아가는 게 아니야. 단지 기차 안에서 잠을 자거나 아니면 하품만 하고 있을 거야. 어린아이들만 유리창에 코를 비비면서 창밖을 내다볼 뿐이지."

"맞아. 아이들은 자기가 원하는 게 뭔지 알고 있어. 아이들은 낡은 봉제인형 하나에 몇 시간을 보내기도 해. 그러면 그 인형은 아주 중요한 것이 되는 거야. 그래서 누가 그 인형을 뺏기라도 하면 울음을 터뜨리는 것이고."

"그렇다면 아이들은 행복하겠군."

"아이들은 낡은 봉제인형 하나에
몇 시간을 보내기도 해. 그러면 그 인형은
아주 중요한 것이 되는 거야."

23. 장사꾼이 정작 모르고 있는 것

어린 왕자는 장사꾼도 만났다. 그는 갈증을 없애주는 알약을 팔고 있었다. 일주일에 한 알만 먹으면 전혀 갈증을 느끼지 않는다고 했다.

"아저씨는 이걸 왜 팔아?"

"시간을 절약할 수 있거든. 전문가들이 계산을 해봤는데, 이 약을 먹으면 매주 오십삼 분을 절약할 수 있어."

"그 오십삼 분으로 뭘 하는데?"

"하고 싶은 걸 하지."

어린 왕자는 생각했다. '만일 나에게 오십삼 분이 주어진다면 샘을 향해 천천히 걸어갈 텐데.'

"만일 나에게 오십삼 분이 주어진다면
샘을 향해 천천히 걸어갈 텐데."

24. 사막이 아름다운 건

팔일 째 되는 날, 마침내 물이 다 떨어졌다.

"내 이야기는 재미있긴 하지만, 더 들을 수는 없을 것 같다. 비행기를 아직 고치지 못했는데 물이 다 떨어졌구나. 네 말처럼 샘을 향해 천천히 걸어갈 수만 있다면 나도 행복하겠다!"

"내 친구 여우가 말하길…."

"꼬마야, 지금 여우가 문제가 아니야. 우린 이제 목말라 죽을지도 몰라."

"죽는다 해도 친구를 얻는 건 좋은 일이야. 여우 친구를 얻어서 나는 행복해."

어린 왕자는 얼마나 위급한 상황인지 모르는 것 같았다. 허기도 갈증도 없고 햇빛만 조금 있으면 충분한 것 같았다. 얼마의 시간이 흘렀을까. 내 생각을 읽기라도 한 듯, 어린 왕자가 자기도 목이 마르다며 우물을 찾으러 가자는 것이었다.

"죽는다 해도 친구를 얻는 건 좋은 일이야.
여우 친구를 얻어서 나는 행복해."

몇 시간 동안 말없이 걷다 보니 어느새 어둠이 내리고 별이 반짝이기 시작했다. 심한 갈증과 고열로 더 이상 가지 못하고 주저앉았다.

"꼬마야, 너도 목이 마르니?"
"물은 마음에도 좋은 거야…."

동문서답이었지만 더 이상 물어보지는 않았다. 묻지 않는 편이 낫다는 것을 이미 알고 있었으니까. 얼마 동안 침묵이 흐르고 어린 왕자가 다시 입을 열었다.

"그거 알아? 별이 아름다운 건, 보이지 않는 한 송이 꽃 때문이야."
"그래, 그럴 거야."
"사막은 아름다워."
"그래, 맞아."

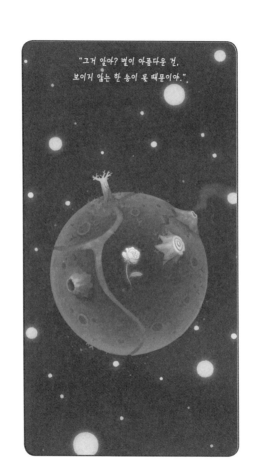

"그거 알아? 별이 아름다운 건,
보이지 않는 한 송이 꽃 때문이야."

나는 늘 사막을 사랑했다. 모래 언덕 위에 앉아있으면 아무것도 보이지 않고, 아무 소리도 들리지 않는다. 하지만 그 침묵 속에서도 무언가 희미하게 빛나는 것이 있었다.

"사막이 아름다운 건, 어딘가에 우물을 감추고 있기 때문이야."

어린 왕자의 말에 나는 흠칫 놀라지 않을 수 없었다. 사막이 신비롭게 빛나는 까닭을 깨닫게 해주었기 때문이다.

"그래. 집이든 별이든 사막이든, 그걸 아름답게 하는 건 눈에 보이지 않는 법이지."
"아저씨가 내 여우랑 생각이 같아서 기뻐."

어느새 잠든 어린 왕자를 품에 안고 나는 다시 걷기 시작했다. 가슴이 뭉클했다. 이 세상에서 이보다 더 부서지기 쉬운 존재는 없을 것만 같았다. 달빛에 비친 창백한 이마와 감긴 두 눈, 바람에 흩날리는 머리칼 그리고 반쯤 열린 입술 사이로 어렴풋이 어리는 미소를 바라보면서 생각했다.

'지금 보고 있는 건 겉모습에 지나지 않아. 가장 중요한 것은 보이지 않으니까. 이 아이가 나를 이렇게 감동시키는 것은… 잠들어 있어도 그의 마음속에 장미꽃 한 송이가 등불처럼 빛나고 있기 때문일 거야.'

한 줄기 바람에도 금방 꺼지는 등불 같은 존재. 나는 그 아이를 어떻게든 지켜내야겠다는 생각으로 계속 걸었고, 동이 틀 무렵 마침내 우물을 발견했다.

"이 세상에서 이보다 더 부서지기 쉬운 존재는
없을 거만 같았다. 달빛에 비친 창백한 이마와
감긴 두 눈, 바람에 흩날리는 머리칼
그리고 반쯤 열린 입술…"

25. 들리나요, 우물이 부르는 노래

"사람들은 급행열차에 올라타지만 정작 자신들이 무엇을 찾고 있는지 몰라. 그래서 분주히 움직이지만 결국 제자리를 맴돌기만 하는 거야. 그건 소용없는 일인데."

마침내 찾아낸 우물은 사막의 여느 우물이 아니라 마을에서나 볼 수 있는 그런 우물이었다.

"이상하지 않니? 모든 게 갖춰진 우물이라니! 도르래며 두레박이며 밧줄까지."

"(대답 대신 밧줄을 잡아당기며) 아저씨도 들어봐. 우물이 노래를 부르고 있어."

"그렇구나. 이리 줘. 내가 할게. 이건 네게 너무 무겁구나."

"그 두레박의 물을 마시고 싶어. 물 좀 줘…."

나는 천천히 두레박을 끌어올려 우물 위에 올려놓았다. 도르래가 멈췄는데도 도르래 소리가, 아니 노래 소리가 계속 귓가를 맴돌았다.

"사람들은 급행열차에 올라타지만
정작 자신들이 무엇을 찾고 있는지 몰라.
그래서 분주히 움직이지만
결국 제자리를 맴돌기만 하는 거야."

나는 두레박을 아이의 입에 대주었고, 아이는 두 눈을 감은 채 물을
마셨다.

　"아저씨의 별에 사는 사람들은 정원에 오천 송이의 장미꽃을 키우고
있지만, 그 안에서 결코 자신들이 찾는 것을 찾아내지 못할 거야…."
　"그래. 맞아."
　"사람들이 찾는 것은 정작 장미 한 송이나 물 한 모금에서도 찾아낼
수 있는 건데."
　"그래. 내 말이 맞아."
　"하지만 눈으로는 볼 수 없어. 마음으로 찾아야 해."
　"(나도 물을 마시며) 그래. 알았다. 내 꼭 기억하마."
　"아저씨, 약속을 지켜줘야 해."
　"약속? 무슨 약속?"
　"약속했잖아. 내 양의 입마개… 난 그 꽃에 대해 책임이 있어!"

주머니에서 대충 끄적거렸던 그림을 꺼내 주자 어린 왕자의 얼굴에 웃음이 번졌다.

"아저씨가 그린 바오밥나무는 꼭 양배추같이 생겼어."

"아, 그래?"

"여우는… 하하. 귀가 무슨 뿔 같잖아. 너무 길쭉해."

"너무 그러지 마. 나는 보아뱀밖에 그릴 줄 몰랐어!"

"그래도 괜찮아. 아이들은 다 알아보거든."

"꼬마야, 넌 뭔가를 숨기고 있구나. 내가 모르는 계획이 있지?"

"있잖아. 내일이면 내가 지구에 온 지 일 년이 돼…. 바로 이 근처 어디었는데…."

연필로 입마개를 그린 다음 어린 왕자에게 건네주는데 자꾸만 가슴이 아렸다.

"나는 보아뱀밖에 그릴 줄 몰랐어!"
"그래도 괜찮아. 아이들은 다 알아보거든."

어린 왕자의 얼굴이 붉어지고, 나는 까닭 모를 슬픔에 복받쳤다.

"일주일 전 너를 만난 그날 아침, 사막 한 가운데서 내가 혼자 걷고 있었던 것은 우연이 아니었어. 넌 내가 떨어진 곳으로 돌아가던 것이었어. 일 년이 다 되어서 돌아가려고…. 그런 거지?"

어린 왕자는 대답 대신 얼굴을 붉혔다. 그건 내 말에 동의한다는 뜻이 아니던가.

"나는 자꾸 두렵구나."
"아저씨는 이제 일을 해야 해. 비행기로 돌아가. 나는 여기서 아저씨를 기다릴게. 내일 저녁에 다시 와…."

나는 마음이 놓이지 않았다. 문득 어린 왕자가 들려준 여우 이야기가 떠올랐다. 누군가에게 길들여지면 눈물 흘릴 일이 생긴다는.

"사막 한 가운데서 네가 혼자 걷고 있었던 건은 우연이
아니었어. 넌 네가 떨어진 곳으로 돌아가면 건이었어."

26. 이 별에서 이제 이별해야 해

저 멀리 우물 옆 허물어진 돌담 위에 앉아 있는 어린 왕자의 모습이 희미하게 보였다.

"여기가 정확한 자리가 아닌 것 같아! 날짜는 맞지만 장소는 여기가 아니야."

"맞아. 모래 위에 찍힌 내 발자국을 잘 봐. 어디서 시작됐는지 말이야. 거기서 날 기다리면 돼. 오늘 밤에 그곳으로 갈게."

"내 독은 정말 괜찮은 거지? 너무 오래 아프게 하지는 않을 거라고 확신하지? 이제 그만 가. 난 내려가야겠어."

어린 왕자는 누군가에게 말을 하고 있었다. 하지만 어린 왕자의 목소리만 들릴 뿐 아무것도 보이지 않았다. 그때까지도 나는 어찌된 영문인지 몰랐다.

돌담 밑을 본 나는 그만 심장이 멎는 줄 알았다. 독사가 어린 왕자를 향해 몸을 꼿꼿이 세우고 있는 게 아닌가. 나는 권총을 꺼내들고 곧장 뛰어갔지만 늦었다. 뱀은 이미 돌 틈으로 자취를 감추었다. 나는 얼굴이 하얗게 질린 내 어린 친구를 끌어안았다. 어린 왕자는 진지한 표정으로 바라보더니 내 목을 감싸 안았다. 죽어가는 새처럼 그의 심장이 가늘게 뛰고 있었다.

"도대체 어찌된 일이니? 이젠 뱀하고도 얘기를 나누다니."
"아저씨가 비행기를 고쳐서 다행이야. 이제 집에 돌아갈 수 있을 거야."
"그걸 어떻게 알았지?"(기적적으로 비행기를 고쳤다고 말하려던 참이었다.)
"나도 오늘 내 별로 돌아갈 거야. 거기는 아저씨 집보다 훨씬 멀어. 그래서 훨씬 더 어려워…."

"나에게는 아저씨가 그려준 양이 있어. 양을 넣어둘 상자도 있고, 또 입마개도 있고."

　"무서웠구나. 무서웠던 거야!"

　"아, 아저씨, 오늘 저녁에는 훨씬 더 무서울 거야."

　나는 무언가 심상치 않은 일이 벌어지고 있음을 느꼈다. 나는 그를 아기처럼 품에 꼭 안았다. 하지만 내가 붙잡을 새도 없이 그는 깊은 심연 속으로 빠져들고 있는 것 같았다. 그는 아득히 먼 허공을 바라보고 있었다. 어린 왕자의 얼굴에 슬픈 미소가 번졌다. 그의 몸이 점점 따뜻해지는 게 느껴졌다. 이제 돌이킬 수 없는 일이 벌어지고 있다는 느낌에 몸이 얼어붙는 것 같았다. 어린 왕자의 웃음소리를 다시는 들을 수 없다는 생각, 그것을 견딜 수 없을 거라는 생각에 가슴이 미어졌다.

"오늘이 내가 지구에 떨어진 지 꼭 일 년 되는 날이야. 오늘 밤이면 내가 떨어졌던 자리 위로 내 별이 나타날 거야."

"그냥 나쁜 꿈일 뿐이야. 뱀이니 만날 장소니 별이니 하는 그런 건…."

"말했잖아. 중요한 건 눈에 보이지 않아. 꽃도 마찬가지야. 아저씨가 어느 별에 사는 꽃 한 송이를 사랑한다면, 밤하늘을 바라보는 것만으로도 기분이 좋아질 거야. 어느 별에나 꽃은 피어있어."

"그래, 그래."

"물도 똑같아. 아저씨가 내게 마시라고 준 물은 마치 음악 같았어. 도르래랑 밧줄이 내던 소리… 기억하지? 정말 좋았잖아. 아저씨도 밤에 별을 쳐다보겠지. 내 별은 너무 작아서 어디에 있는지 가르쳐줄 수가 없어. 차라리 잘 된 일인지 몰라. 아저씨에게는 내 별이 저 많은 별 중하나일 테니까. 그러면 아저씨는 어떤 별을 바라보든 즐거울 거니까. 모든 별이 아저씨의 친구가 될 거야. 아저씨에게 선물을 하나 줄게."

"아! 내 꼬마 친구야. 난, 난 내 웃음소리가 좋아!"

"그게 바로 내 선물이야. 우리가 마신 물이 선물이었던 것처럼."

"그게 무슨 말이지?"

"저 별들 중 하나에 내가 살고 있을 거야. 거기에서 내가 웃고 있을 테니, 아저씨가 밤하늘을 바라볼 때면 모든 별이 웃고 있는 것처럼 보일 거야. 아저씨는 웃을 줄 아는 별을 갖게 되는 거야… 시간이 지나면 슬픔도 사라지고 그러면 아저씨는 나를 알게 된 것을 기뻐하게 될 거야. 아저씨는 언제나 내 친구이고, 나와 함께 웃고 있을 거야. 가끔 창문을 열고 하늘을 보며 웃을 때면 아저씨 친구들이 깜짝 놀랄지도 몰라. 그러면 이렇게 말해줘. '그래, 별을 보면 난 언제나 웃음이 나와! 저건 별들이 아니라 웃을 줄 아는 조그만 방울들이거든!' 친구들은 아저씨가 미쳤다고 생각하겠지. 하하."

"저 별들 중 하나에 내가 살고 있을 거야.
거기에서 내가 웃고 있을 테니,
아저씨가 밤하늘을 바라볼 때면
모든 별이 웃고 있는 것처럼 보일 거야."

웃음을 멈춘 어린 왕자는 심각한 표정을 지었다.

"오늘 밤에는… 아저씨도 알지? 그러니까 오지 마."

"난 네 곁을 떠나지 않을 거야."

"난 아픈 것처럼 보일 거야. 죽어가는 것처럼 보일지도 몰라. 아마 그럴 거야. 그러니 오지 마. 그럴 필요 없어."

"아니, 네 곁을 떠나지 않을 거야."

"내가 오지 말라고 하는 건… 뱀 때문이기도 해. 뱀이 아저씨를 물면 안 되니까. 뱀은 심술궂어. 괜히 장난삼아 아저씨를 물지도 몰라."

"그래도 난 네 곁을 떠나지 않을 거야."

"하긴 뱀이 두 번째 물 때는 독이 없으니까…."

"난 아픈 것처럼 보일 거야. 죽어가는 것처럼 보일지도
몰라. 아마 그럴 거야. 그러니 오지 마."

그날 밤 잠깐 잠이 들었다 깨었을 때, 어린 왕자가 보이지 않았다. 희미한 발자국을 좇아 마침내 겨우 따라잡았을 때, 그는 작정한 듯 빠른 걸음으로 걷고 있었다.

"아, 아저씨 왔네! 아저씨가 여기 온 건 잘못이야. 마음이 아플 테니까. 아마 난 죽은 것처럼 보일 테지만 그건 사실이 아니야. 아저씨도 알잖아. 내 별은 너무 멀어서 몸을 가지고 갈 수는 없어. 너무 무겁거든. 내 몸은 그저 낡은 껍데기일 뿐이야. 낡은 껍데기 때문에 슬퍼할 건 없어. 그래도 슬프겠지. 아저씨 마음을 이해할 수 있어. 그런데 아저씨, 나를 봐. 이건 근사한 일이야. 나도 별을 바라볼 거야. 별들은 모두 녹슨 도르래가 있는 우물이 될 거야. 그러면 모든 별이 내게 마실 물을 부어 줄 거야. 멋지지 않아? 아저씨는 오억 개의 작은 방울을 갖게 되고, 나는 오억 개의 우물을 갖게 되는 일이잖아."

"내 몸은 그저 낡은 껍데기일 뿐이야.
낡은 껍데기 때문에 슬퍼할 건 없어.
아저씨는 오억 개의 작은 방울을 갖게 되고,
나는 오억 개의 우물을 갖게 되는 일이잖아."

어린 왕자는 더 이상 말을 하지 않았다. 그는 울고 있었다. 얼마나 시간이 흘렀을까.

"아저씨, 이제 다 왔어. 한 걸음만 더 가면 돼. 이제 혼자 갈게. 아저씨, 알지? 내 꽃 말이야. 나는 그 꽃에게 책임을 져야 해. 그 꽃은 너무 약해. 게다가 너무 순진하고. 고작 내 개의 가시로 자기를 지키려 하니···. 아, 안녕. 이제 정말로 끝이야."

어린 왕자는 잠시 망설이는가 싶더니 한 걸음을 내딛었다. 어린 왕자의 발목 근처에서 노란 빛이 반짝였다. 그는 잠시 동안 움직이지 않고 서있었다. 비명도 지르지 않았다. 그는 나무가 쓰러지듯 천천히 부드럽게 쓰러졌다. 모래밭이어서 소리조차 나지 않았다.

"그는 나무가 쓰러지듯 천천히 부드럽게 쓰러졌다.
모래밭이어서 소리조차 나지 않았다."

27. 세상에서 가장 아름답고 슬픈 그림

벌써 육 년이 지났다. 나는 아직까지 누구에게도 이 이야기를 하지 않았다. 친구들이 내가 살아 돌아온 것을 기뻐할 때면 나는 슬펐고, 친구들에게는 그저 "피곤해서 그래"라고만 말했다. 이제는 슬픔도 조금은 가라앉았다. 나는 어린 왕자가 그의 별로 돌아갔다는 것을 알고 있다. 다음날 해가 떴을 때 그의 몸은 어디에서도 찾아볼 수 없었기 때문이다.

나는 밤이면 별의 소리에 귀를 기울인다. 그러면 오억 개의 작은 방울들이 웃으며 빛난다. 그러다 요즘 문득 떠오른 게 있다. 어린 왕자에게 그려준 입마개에 가죽 끈을 달아주는 것을 깜빡 잊어버렸다는 사실이다. 어린 왕자는 양에게 입마개를 씌우지 못했을 것이다.

'어린 왕자의 별에서는 무슨 일이 벌어졌을까? 양은 꽃을 먹었을까?'

"밤이면 별의 소리에 귀를 기울인다.
오억 개의 작은 방울들이 웃으며 빛난다."

이 그림은 세상에서 가장 아름다우면서 가장 슬픈 풍경이다. 어린 왕자가 이 세상에 왔다가 사라진 바로 그곳이기 때문이다.

언젠가 당신이 아프리카 사막을 여행할 때, 이 풍경을 알아볼 수 있도록 그림을 자세히 봐주기 바란다. 그리고 혹시 그곳을 지나게 되거든 부디 서둘러 가지 말고 별이 뜰 때까지 기다려주기 바란다. 그때 한 아이가 당신에게 다가온다면, 만약 그 아이가 웃고 있고, 머리칼이 황금빛이고, 쉴 새 없이 질문을 해댄다면, 당신은 그가 누군지 짐작할 수 있을 것이다. 그러면 내게 친절을 베풀어주기를! 내가 마냥 슬퍼하고 있지 않도록 한 통의 편지를 보내주기를! 그가 돌아왔다고….

The End

"이 그림은 세상에서 가장 아름다우면서 가장 슬픈 풍경이다. 어린 왕자가 이 세상에 왔다가 사라진 바로 그곳이기 때문이다."

청춘이라는 간이역을 찾아가는 추억 여행

의미 없는 하루 또 하루, 산다는 것이 비루해질 때 다시 불러보는 그 시절이 있습니다.

빈 노트에 별과 달과 구름의 푸른 문장들로 가득 채웠던 시절이고, 낡은 기타 하나로 지상의 모든 음악을 불러내었던 시절이지요.

사랑이라는 그 말, 사랑인 줄 모르고 사랑에 젖었던 시절이고, 이별이라는 그 말, 이별인 줄 모르고 이별에 젖었던 시절이지요.

어린 왕자가 너무 슬펐고, 너무 슬퍼서 아름다웠던 그 시절, 이제는 돌아갈 수 없는 청춘이라는 간이역이 어느 날 사무치게 그리웠습니다.

의미 없는 하루 또 하루, 산다는 것이 공허해질 때 문득 어린 왕자가 떠올랐습니다.

그러니까 이 책은 청춘이라는 간이역을 찾아가는 추억 여행입니다. 그곳에서 당신의 어린 왕자를 만나시기 바랍니다.

추신 하나. 이 책의 번역은 원문에 충실하지 않습니다. 원문과 많은 부분 다릅니다. 불필요하다 싶은 문장은 빼기도 했고, 필요하다 싶으면 없는 문장을 넣기도 했습니다. 어떤 문장은 대화체로 바꾸기도 했고 또 어떤 문장과 문장은 서로 순서를 바꾸기도 했습니다. 각 장의 제목도 제가 임의로 붙였습니다. 제가 어린 왕자를 만나는 방식대로 번역하고 각색하고 편집한 것이니, 오해 없기를 바랍니다.

추신 둘. 편집과 디자인을 총괄한 디자인패러다임의 전병무 이사님, 새로운 캐릭터로 삽화를 만들어낸 김선라, 이태주 작가님께 감사드립니다. 이 책의 상당 부분 아이디어를 제공해주신 달아실출판사 윤미소 대표님과 발문을 써주신 김현식 형님께도 감사드립니다.

2017년 가을
박제영

다시 만난 청춘의 파란색

김현식
소설가

어떤 색으로도 칠할 수 없는 암울했던 시절, 유신. 되돌아 볼 때마다 세 가지 색이 뚜렷이 떠오른다.

트리나 폴러스의 『꽃들에게 희망을』, 그 노란색.
리차드 바크의 『갈매기의 꿈』, 그 뭐랄까 하얀색, 굳이 갈매기의 하얀색만도 아닌.
생텍스페리의 『어린 왕자』, 그 파란색, 그 어린 파란색.

기어오르다 떨어지고 날아오르다 떨어지고, 오를 곳도 날아오를 곳도 하나 없이 그저 막막하기만 했던 시절. 청바지, 통기타, 생맥주만으로는 갈증은커녕 손가락 하나 따뜻해지기에도 턱없던 그 시절. 생각하면 그 시절은 사막이었고, 그 시절에 떨어진 우리는 모두 '어린 왕자'가 아니었을까.

세월이 흐르고 많은 것이 바뀌었지만 아직도 젊음은, 젊은 마음은, 젊었던 마음은… 어쩌면 모두 이렇게 파랗게 멍든 채 그대로 일까!

거의 한 세대 반이 지난 지금 『어린 왕자』를 다시 읽는다. 아니, 정녕 처음으로 '어린 왕자'를 만난다. "너는 어느 별에서 왔니?"

—아직 사막에서 그 조종사가

추신. 아참, 나는 소설 쓰는 김현식이란다

너는 어느 별에서 왔니?

어린 왕자

1판 1쇄 인쇄   2018년 3월 12일
1판 1쇄 발행   2018년 3월 30일

지은이   앙투안 드 생텍쥐페리
옮긴이   박제영
발행인   윤미소
발행처   (주)달아실출판사

삽화   김선라, 이태주
표지 및 본문 디자인   디자인패러다임
마케팅   배상휘

주소   강원도 춘천시 서부대성로 48번길 12, 2층
전화   033-241-7661
팩스   033-241-7662
이메일   dalasilmoongo@naver.com
출판등록   2016년 12월 30일 제494호

© 달아실, 2018

ISBN   979-11-88710-08-9   (03860)

• 이 도서의 국립중앙도서관 출판예정도서목록(CIP)은 서지정보유통지원시스템 홈페이지
  (http://seoji.nl.go.kr)와 국가자료공동목록시스템(http://www.nl.go.kr/kolisnet)에서 이용하실
  수 있습니다. (CIP제어번호: CIP2018005943)
• 잘못된 책은 구입한 곳에서 바꿔드립니다.
• 책값은 뒤표지에 표시되어 있습니다.